Inhalt

presented by
Tomo Kurahashi

DOGGYSTYLE

WIE SCHÖN ...

SCHLUCHZ

HEY, heulst du?

TU ICH NICHT!

Gucken wir uns noch mal die Einlagen zwischen den Songs an!

JA, UND ES WAR SO GROSS-ARTIG!

DAS WAR IHRE ERSTE GROSSE TOUR, ODER?

UUUH

UUUH

BEI MEINEM ERSTEN KONZERT DIESER BAND WAR ICH SO BEGEISTERT ...

SCHULD DARAN IST SIE: MEINE SCHWESTER.

KEN, WIE LÄUFT'S EIGENTLICH IN DER SCHULE? SCHON EINGE-WÖHNT?

... DASS ICH AUCH JETZT MIT 22 ...

... NOCH EIN TOTALER FAN BIN.

Und das von einer Boygroup ...

ZUCK

WIE KOMMST DU DENN JETZT DARAUF?

GIBT'S NICHT AUCH IRGENDEINE HÜBSCHE LEHRERIN?

RITSCH

JA, MEINE KOLLEGEN SIND SEHR NETT.

NA JA, ICH BESUCH DICH HEUTE ...

... ZUM ERSTEN MAL IN DEINER EIGENEN WOHNUNG UND ...

WIE, DAS IST ALLES?

ALS ICH 15 WAR, HAT SIE MICH ZUM KONZERT MITGE-SCHLEPPT.

TJA, SO IST DAS HALT BEI MIR.

Jungfrau

VON DA AN ...

BAMM!

... SCHLUG MEIN HERZ NUR NOCH FÜR IHN.

...

HAAH

WENN ICH IHN DAS NÄCHSTE MAL SEHE, BEDANK ICH MICH NOCH MAL.

HAT DER TYP DA SCHON IMMER GEARBEITET?

SSp

NA JA, BISHER HAB ICH DEN VERKÄUFERN NIE INS GESICHT GESCHAUT.

Ich guck immer auf den Boden.

16

SCHOCK

D... DU BIST DER VON GESTERN?!

HÄ?

V... VERDAMMT!

KOMM MIT!

GRAPP

GLOTZ

WAH

GLOTZ

ZERR

ZERR

Jonasos

HEY, ICH MUSS NOCH WEITERFAHREN!

IST MIR EGAL!

24

HARUMA
...

BEI JEDER GELEGENHEIT TAUCHTE ER NEBEN MIR AUF.

... BLIEB VON DA AN STÄNDIG IN MEINER NÄHE.

MIT SEINEM AUSSEHEN UND SEINER ART ...

... FÄLLT ER EINFACH AUF.

HEPP

HEY, ESSEN WIR ZUSAMMEN?

AH!

HEY!

ICH VERLIERE MEINE WÜRDE ALS LEHRER ...

Vorbereitungsraum

MEINEN SPITZNAMEN KANNTE BALD JEDER.

WIR NENNEN SIE JETZT AUCH SO!

WUFFI! WIE SÜSS!

HALLO?!

streng dich mal an, Teilzeitkraft.

DIE HATTEST DU EH NIE.

HAPP HAPP

Und das ist mein Essen!

ABER WIESO?

BRAUCHT ER IN DEM ALTER NOCH EINE VATERFIGUR?

SO LÄUFT DAS JETZT JEDEN TAG.

klaut der mir einfach meinen letzten Happen vom Teller!

WIE KANN MAN DENN JEMANDEN ABWEISEN, DER VON OBEN BIS HINTEN KOMPLETT DURCHNÄSST IST?

W... WOHER HAST DU MEINE ADRESSE?!

GRAPP

SCHOCK

BRR

BRR

SPLITSCH

DIE SCHREIBST DU IMMER AUF DEINE VORBESTELLUNGEN.

DIE HAST DU ABER NICHT ZU LESEN!

DIE NACHTSCHICHT HATTE SICH VERSPÄTET.

DARUM KONNTE ICH NICHT RECHTZEITIG FEIERABEND MACHEN.

30

FLAPP

WA... WAS
STARRST DU
MICH DENN
SO AN?

IST
DAS DEIN
ERNST?

ZUCK

... WILLST DU EINFACH NICHT VON MIR ANGETURNT WERDEN?

ZITTER

SCHEISSE.

UGH.

Ah ...

RUBB

RUBB

HÖ AUF

RUBB

RUBB

DOGGYSTYLE

★ presented by Tomo Kurahashi ★

ATSUTO

OH MANN.

RITSCH

DU BIST WIE EIN OFFENES BUCH, WUFFI.

ACH, DACHTEST DU ETWA, ICH MEINTE DAS ERNST?

WENN DU MEINST.

Ich denk lieber nicht darüber nach

Willst du nichts essen?

SCHOCK

HAPPS

Ich hab nur Mutsugoro nachgemacht, diesen Star, der im Fernsehen mit Tieren kuschelt.

FÜR MICH WAR DAS, ALS WÜRD ICH MIT MEINEM HAUSTIER SPIELEN.

MIT DEINEM HAUSTIER?!

BLUUUUSCH

SO WAS WÜRDEST DU MIT DEINEM HAUSTIER ...

...MA... ...CHEN?

54

... HATTE DIESER BLICK ÜBERHAUPT ZU BEDEUTEN?

WAS ...

WUAH

NA, DANN IST DOCH GUT.

UND DEIN PROBLEM IST AUCH GELÖST.

Hm?

LINS

UM EHRLICH ZU SEIN, WAR ICH FROH, DASS ER MICH NICHT WIEDER ...

VON WEGEN! ICH LASS DICH NIE WIEDER IN MEINE WOHNUNG!

... SO FINSTER ANGEGUCKT HAT WIE IN DEM MOMENT.

WAS?

DU ...

WOBB

ZUCK

RUCK

BÄÄH

ICH WILL DA EH NICHT MEHR HIN.

SO EIN LOCH.

EINER MEINER SCHÜLER ...

... HAT MIR HIER EINEN RUNTERGEHOLT.

ABER ICH HAB MEHR ERFAHRUNG IN DER ARBEITSWELT.

ALSO, WENN WAS IST, FRAG MICH, JA?

NICHTS ZU DANKEN.

MEINST DU? NA JA, DU BIST ERWACHSEN.

DU WEISST SCHON, WAS DU TUST.

DAS IST DAS ERSTE MAL, DASS ICH EIN GEHEIMNIS VOR MEINER SCHWESTER HAB.

DANKE.

58

HE HE

NA JA, BIST HALT 'NE WASCHECHTE JUNGFRAU.

GEH WEITERARBEITEN!

Puh, na dann ist ja gut.

UND ICH DACHTE SCHON, ICH HÄTTE...

...SO TUN MÜSSEN, ALS HÄTTE ICH NICHTS GESEHEN.

IRGENDWIE ERINNERT ER MICH AN JEMANDEN...

HMPF

Sorry!

Hau einfach ab!

DER GEHT BEI MIR AN DIE SCHULE...

DER IST NOCH SCHÜLER?!

ACH, UNSINN, ER IST KEIN SCHLECHTER KERL.

ALTE ALBEN 1000 ¥*

* CA. 8 EURO

HÄÄÄ? JA, NA LOGISCH!

SCHOCK

HAB ICH DAS GERADE WIRKLICH GESAGT?

ICH HAB DOCH IMMER GESAGT, LEHRER SEIN ...

... PASST ZU DIR.

FINDEST DU EIGENTLICH, ICH BIN ZU NETT?

WEM WINKEN SIE DENN DA?

FRAU YAMAGUCHI?

HARUMA ...

Ich wink einfach mal zurück.

ECHT?

ER SPRICHT MICH NUR MANCHMAL AN.

NA JA, KANN MAN SO NICHT SAGEN ...

Das heißt nicht, dass wir uns gut verstehen.

Juchhuuu!

SAGEN SIE MAL, VERSTEHEN SIE SICH GUT MIT HARUMA?

WAS?

HÖREN SIE, R HAT NÄMLICH EINEN FRAGE- BOGEN ZUR NIVERSITÄTS- WAHL NICHT ABGEGEBEN.

OJE ...

Uru...

BITTE, ER TUT EINFACH NIE, WAS ICH VON IHM WILL!

OKAY ... ICH MACH'S.

WÜRDEN SIE MAL MIT IHM REDEN?

ICH GLAUBE, ICH HAB IHN NOCH NIE VON SELBST ANGE-SCHRIEBEN.

Wieso bin ich jetzt eigentlich aufgeregt?

SWUSH

SWUSH

Der Unterricht ist vorbei ...

Wo bist du?

Auf'm Dach. Komm hoch!

VRRR

DEINE SCHWESTER SAH GANZ ANDERS AUS ALS DU.

SO GROSS UND SCHÖN.

Woah, ist das hoch!

MEINE SCHWESTER IST GRUNDSCHUL-LEHRERIN.

SIE HAT MICH INSPIRIERT.

AHA.

WAS SOLL DAS HEISSEN?

NICHTS, KEINE SORGE.

... AN DER UNI ENTSCHIEDEN, DASS ICH LEHRER WERDE.

... HAB AUCH ERST ...

DARUM KANN ICH DIR KEINE VORWÜRFE MACHEN.

DU BIST NICHT GERADE ...

... EIN GUTES VORBILD.

ICH DACHTE, DU WÄRST TOTAL SAUER AUF MICH.

ICH BIN NICHT DEIN KLASSEN-LEHRER.

UND ALS SCHÜLER SEH ICH DICH EIGENTLICH AUCH NICHT.

BADUMP

ICH FIND DAS TOLL.

HUCH?

WAS?

ICH HAB DOCH GESAGT, DU SOLLST MICH NICHT ANRUFEN.

WAS GLAUBST DU, WIESO ICH ABGEHAUEN BIN, HM?

NEIN, ICH KOMM NICHT NACH HAUSE.

ES REICHT.

KRATZ

KRATZ

OH MANN.

KANN DER MAL AUFHÖREN MIT DEM MIST?

Kapitel
3
★ ★ ★
DOGGYSTYLE

HACH ... DAS
BERUHIGT.

FINDEST
DU ES
IN ORDNUNG,
WENN SICH EIN
LEHRER SO WAS
ANGUCKT?

ACH
JA?

ATSUTO
BERUHIGT
MICH!

WARUM
SCHLEPPST
DU DAS
ÜBERHAUPT
MIT DIR
RUM?

Ist
ja
eklig

GI...
GIB DAS
ZURÜCK!

ER
IST ZU
NAH
...

HAAH

HAAH

HAAH

WAS SOLL DENN DAS?!

GRAPP

ACH, ICH FIND'S EINFACH HERRLICH, WIE DU DICH AUFFÜHRST.

WAPP

GYAH!

SO!

Er hat keinen Knick reinge-macht, oder?

ACH JA, HAST DU DIE SACHEN DABEI?

FWO

AH

DOCH JETZT SCHEINT
ES WIEDER ZUM LEBEN
ERWACHT ZU SEIN. UND
ZWAR SO WAS VON.

MEIN HERZ HAT
SIEBEN JAHRE LANG
STILLGESTANDEN.

UND DAS
NUR DANK
IHNEN, HERR
MIKOSHIBA!

WAS?!

94

Aaah ...

ICH WÜRDE GERN FRAGEN, WAS MIT SEINER FAMILIE IST. ABER...

ICH HAB ÜBERHAUPT KEINE AHNUNG, WIE ER LEBT.

... SO WAS PERSÖNLICHES ...

... FRAG ICH IHN LIEBER SELBST.

SORRY,
WUFFI.

ICH
FAHR
MIT IHM
MIT.

BIS
SPÄTER.

HAH

HA...
HARUMA?!

DRRR
DRRR
DRRR
DRRR
KNACK

JA?

OK
NUR
E
SONST M
RED ICH
MORGEN
MIT IHM.

HÄ?
DEN AN-
HÄNGER?

ICH ...
WÜRDE DIR
GERN DEINEN
ANHÄNGER
ZURÜCK-
GEBEN.

AH,
ACH SO ...
JA, DANN
TREFFEN WIR
UNS DOCH SO
UM ZWEI.

OH
GOTT, MEINE
STIMME HAT
SICH ÜBER-
SCHLAGEN.

SORRY, DASS
ICH DICH SO
REINGELEGT
HAB.

SEINE
STIMME
KLANG
ABER AUCH
IRGENDWIE
ANDERS.

FLUPP

DASS ICH ATSUTO MAL PERSÖN-LICH TREFFEN WÜRDE'

...UMA HAT ERZÄHLT, DASS DU LEHRER BIST.

DA WOLLTE ICH MAL MIT DIR REDEN.

DAS IST SCHÖN.

WAH

WAH

ODER KANNS DU MIC NICHT LEIDEN

A... ACH QUATSCH, WIE KOMMST DU DENN DARAUF?!

Ha ha!

HAT ER SPASS IN DER SCHULE?

MEIN BRUDER ERZÄHLT MIR NÄMLICH SONST NIE WAS.

NUR MANCHMAL WIRKT ER ETWAS EINSAM.

DARUM HAB ICH MICH GEFREUT, ...

... ALS ER SO FRÖHLICH GELACHT HAT.

ER KANN ZWAR AUCH ECHT FIES SEIN, ...

ALS WÜRDE ER NIEMANDEN UM SICH HABEN WOLLEN UND SICH FÜR NICHTS INTERESSIEREN.

SO KOMMT'S MIR VOR.

HA HA HA!

... DASS IHN EIN LEHRER ANRUFT!

UND ICH HAB MICH GEFRAGT, WAS ER BLOSS ANGESTELLT HAT, ...

... ABER IRGENDWIE ...

... KÜMMER ICH MICH DANN DOCH UM IHN.

SCHÖN, DASS ER ...

...MANDEN WIE DICH HAT.

SO hier und da ...

KANNST DU IHM ...

... DAS HIER ZURÜCKGEBEN?

Ä... ÄHM ...

WAPP

OH!

ICH MUSS LANGSAM LOS.

DANKE FÜR DEINE ZEIT!

ICH HAB KEINE AHNUNG, ...

... WAS ZWISCHEN EUCH VORGE- FALLEN IST.

DAS IST DOCH ...

ABER ICH GLAUBE, ...

... DASS DEIN BRUDER DIR VERZEIHEN WILL.

für
Haruma

...

ICH BIN
MIR SICHER,
ER WOLLTE
DIR DAMIT
ZEIGEN,
...

...
WIE SEHR
ER DICH
MAG ...
WUFFI.

DANKE.

ABER I.
KONNT
NICHT.

OAH, WAR
VIELLEICHT
BLÖD DIE
NZE ZEIT!

ID DA
R, WEIL
NEIDISCH
IF DICH
WAR.

... DASS
DAS FALSCH
WAR.

ICH
DACHTE,
ES WÜRDE
REICHEN,
WENN ICH
NICHT MEHR
DARÜBER
NACHDENKE.

ABER
ICH WEISS
JETZT, ...

KLICK

DARF ICH MIT REIN?

ACH, NA JA ...

NA, DAS IST DOCH DEIN HEILIGES REICH ...

Und ich hab dir ausgerechnet hier all diese Dinge angetan.

HÄ?! Wieso das?!

NEE, ICH GEH DOCH HEIM.

BATAM

...

128

... ABER DAS TANZEN GEFIEL MIR.

ICH MOCHTE DIE LIEDER NICHT BESONDERS, ...

IN DER GRUNDSCHULE HATTE ICH WIE ATSUTO TANZ-UNTERRICHT.

ICH WAR ZWAR BEI WEITEM NICHT SO GUT WIE MEIN BRUDER, ...

... ABER ICH HATTE TROTZDEM SPASS.

Hey, zeig mir, wie ein Flickflack geht!

Ja, gut machst du das!

so?

FÜR DIE NEUE SINGLE ...

... NEHMEN WIR ATSUTO AUS GRUPPE B ALS SÄNGER.

ABER VOR ALLEM FAND ICH MEINEN BRUDER TOLL.

SO IST DAS EBEN.

ZWEI VOM SELBEN TYP...

...KÖNNEN NICHT BEIDE STARS SEIN.

WÄR SEIN BRUDER NUR DREI JAHRE FRÜHER GEBOREN, WAS?

JA. ABER GESCHWISTER FUNKTIONIEREN AUCH NICHT.

SIE SEHEN SICH ZU ÄHNLICH.

DOM

Und irgendwann in großen Konzerthallen auftreten!

JA, DAS WÄR ECHT COOL!

HARUMA, DEIN BRUDER WAR JA TOLL!

ER HAT SOGAR GEGEN ÄLTERE GEWONNEN!

FÜR MICH WAR ALLES VORBEI, ALS FÜR ATSUTO ALLES BEGANN.

SCHNIEF

... WAR GLEICHZEITIG DAS ENDE VON HARUMAS TRAUM.

GNNN

PFWMAH

IST SCHON OKAY.

Ach, na ja, immerhin bezahlt er mir die Wohnung.

ICH WAR EH SCHLECHTER ALS ER.

NA JA, ...

... WEIL ICH DIR SO VON IHM VORGESCHWÄRMT HAB.

UND WIESO HEULST DU JETZT?

GNN

Wah!

ICH BIN EIFERSÜCHTIG.

ÄH
...

HÄ?!

WAR DAS WEICH!

HÄ?

MERKST DU DAS NICHT?

WA... WAS MEINST DU MIT „SO"?

Hab ich komisch geguckt?

DU HAST ...

... MEINEN BRUDER ...

... STÄNDIG SO ANGESCHAUT, ODER?

OH MANN.

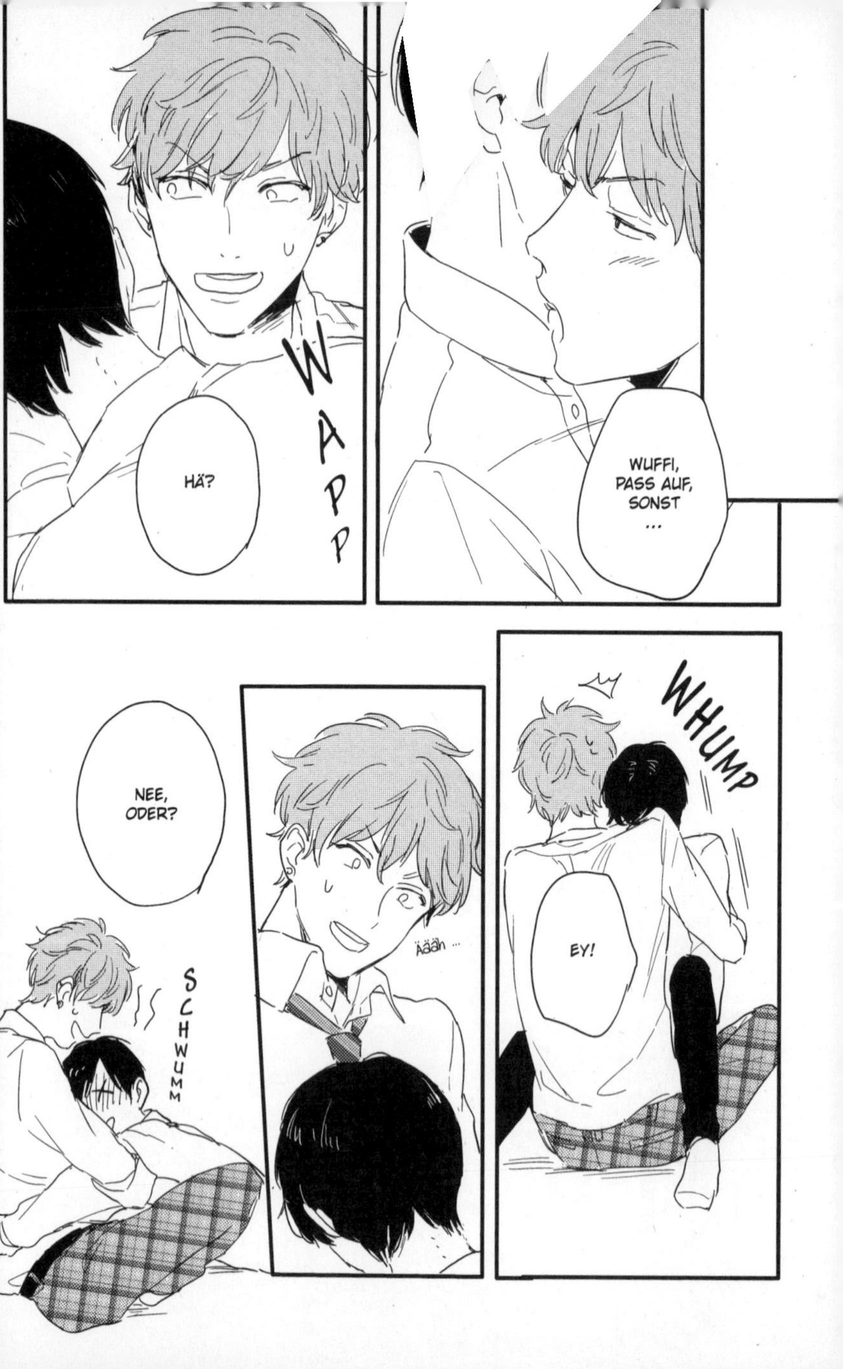
WUFFI, PASS AUF, SONST …
WAPP
HÄ?
WHUMP
EY!
Äääh …
NEE, ODER?
SCHWUMM

TOCK
TOCK

WAH!

ALKOHOL & TABAK

GELDAUTOMAT

AH,
HEY!

...WÜHL

HAST DU
AUCH MEINE
FRIKADELLE?

ZITTER

ZITTER

Oh Mann, ist der süß ...

...

...so besser?

AH, ACH SO?!

ES IST KOMISCH, WENN DU DEINE AUGEN OFFEN LÄSST.

Mh ...

KNUFF

ATME BEIM KÜSSEN DURCH DIE NASE, SONST STIRBST DU!

HNUAH?!

SEIT DEM EINEN MAL IST AUSSER KNUTSCHEN NICHTS WEITER PASSIERT.

ER SCHEINT ERLEICHTERT DARÜBER ZU SEIN.

PUH

AH!

OKAY!

ICH WILL 'NEN KAKAO.

GRMPFH

...
AN IHM.

UND
DAS LIEGT
GARANTIERT
...

IN DIESER
WOHNUNG
WIRD DAS
NICHTS.

WHUMPS

Ich hab das
Gefühl, es ist sogar
noch mehr Zeug
dazugekommen.

Ich hätte
meinen Bruder
noch mal
anpumpen
sollen.

HÄTT ICH
DOCH NUR
NOCH MEINE
WOHNUNG
...

MURMEL

Gib wieder her.

HIBBEL

HIBBEL

OKAY, DANN VERSTEIGER ICH SIE HALT.

WAS? NEIN!

DA... DAS KANN ICH DOCH NICHT ANNEHMEN!

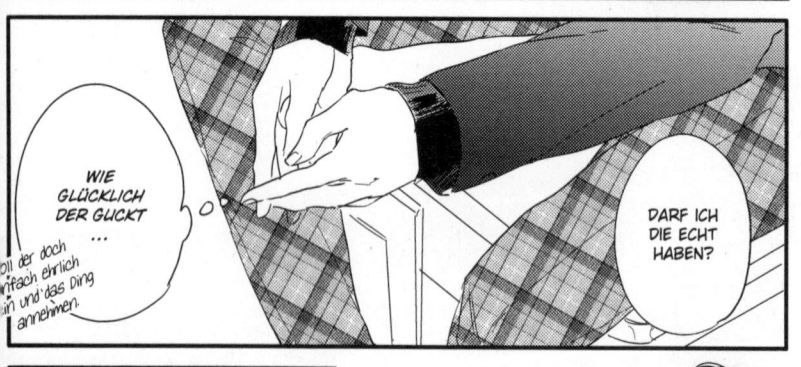

WIE GLÜCKLICH DER GUCKT ...

Soll der doch einfach ehrlich sein und das Ding annehmen.

DARF ICH DIE ECHT HABEN?

ICH KRIEG IMMER SO VIEL VON DIR.

WENN ICH IRGENDWAS FÜR DICH TUN KANN, ...

... DANN SAG'S RUHIG, JA?

BLINK

MEIN LEBEN IST VORBEI.

KYAAAH

NA, TOKYO, SEID IHR GUT DRAUF?

HEUTE HEIZEN WIR EUCH RICHTIG EIN!

HAAAH

ATSUTO SIEHT HEUTE WIEDER TOLL AUS!

BEI
ATSUTO
KRIEGT
ER IMMER
GLEICH
DIESES
GESICHT.

Kyaaah!

Atsuto000!

Kyaaah!

ABER
...

WOAH,
ER IST
SO NAH!

GNN

Mh!

Ah!

ZUCK

EINE SACHE FÄLLT MIR ERST JETZT AUF.

HEY, WUFFI.

HAAH

HAAH

NACHWORT

Panel 1:
Hach, da hat mein Herz richtig ausgesetzt! ♡

Ja, meins auch!

Panel 2:
Vielen Dank, dass ihr „Doggystyle" gelesen habt!

... als Hundesitter jobben.

Ich würde gern mal ...

Hallo, ich bin Tomo Kurahashi.

Panel 3:
Solche Fans seh ich manchmal.

alte Tasche aus der Debützeit des Stars

(der war alleine unterwegs)

Panel 4:
Sie sind alle so schön!

Vor allem die Mädels ...

Ich mag Stars sowohl im echten Leben als auch im Manga. Egal ob männlich oder weiblich.

Panel 5:
Niemals, den gibt's nur einmal!

Leute wie der hier?!

Ich muss immer an ihn denken, wenn ich solche Leute sehe

Manche Fans lieben ihr Idol wohl echt abgöttisch, so wie Wuffi.

Panel 6:
... will ich noch mehr über die fiktive Band L.Planet, über Wuffi als Vollzeitlehrer und Haruma als Student zeichnen.

Wenn ich die Gelegenheit bekomme, ...

Panel 7:
Wir sind eine Fünferband!

Panel 8:
Aber auch wegen seiner Pollenallergie.

Übrigens trägt Haruma seine Maske noch aus Gewohnheit aus der Zeit, als er sein Gesicht verstecken wollte.

ENDE

DOGGYSTYLE

libre

PINK TO MAMESHIBA © Tomo Kurahashi / libre 2017
Original Cover Design: Kohei Nawata Design Office

First published in Japan in 2017 by Libre Inc.,Tokyo.
German translation rights arranged with Libre Inc., Tokyo
through Tuttle-Mori Agency, Inc., Tokyo.

Deutschsprachige Ausgabe / German Edition
© 2022 Crunchyroll SA
CH-1007 Lausanne
4. Auflage

Verlegt unter dem Label KAZÉ MANGA
durch Crunchyroll SA

Aus dem Japanischen von Ekaterina Mikulich

Redaktion: Frederike Brandt

Produktion: Dorothea Styra

Lettering: Paolo Gattone, Chiara Antonelli,
Alessio Ravazzani

Druck und Bindung: GGP Media GmbH, Pößneck

ISBN 978-2-88921-177-7